ADVIS

A MONSIEVR MENAGE'

SVR SON EGLOGVE

INTITVLE'E

CHRISTINE.

Auec vn remerciment à Monsieur Costar.

A PARIS,

Chez GVILLAVME DE LVYNES, Libraire
Iuré au Palais, dans la Salle des Merciers,
à la Iustice.

M. DC LVI.

Auec Priuilege du Roy.

PREFACE.

QVAND des COSTARS & des MENAGES
S'erigent en Grands Perſonnages,
Et font les petis Souuerains ;
PAVQVET a beau frapper des mains,
Et GIRAVT les traiter d'Oracle ,
La Caballe crier miracle !
Quand meſme ils ſeroient plus ſuiuis ,
Toûjours quelque DONNEVR D'ADVIS
Vient par des routes inconnuës
Immortaliſer leurs Béueuës.

ADVIS
A MONSIEVR
MENAGE,
SVR SON EGLOGVE
INTITVLE'E
CHRISTINE.

ONSIEVR,

Puisque vous auez fait profession toute
voſtre vie de cenſurer les Ouurages d'autrui; & que les pieces les plus acheuées qui
ayent paru en nos jours, n'ont pas eſté à

A ij

l'efpreuue de la vehemence de voftre Criti-
que : il me femble que vous ne fçauriez trouuer mauuais, qu'on examine celles que vous
donnez au public, & qu'on s'employe à vn
genre d'efcrire, que vous auez rendu illuftre
par voftre exemple. Ce n'eft pas, à vous
dire vray, que i'aye grande inclination à reprendre les autres; peu de perfonnes y ont
naturellement plus d'auerfion que moy.
I'auois penfé iufques icy, que cét amufement
eftoit demeuré en partage aux gens de Colle-
ge : mais comme i'ay toûjours preferé vos
fentimens aux miens, i'ay creu que la haine
que i'auois conceuë contre cette forte d'oc-
cupation n'eftoit pas raifonnable; & qu'elle
pouuoit bien eftre l'exercice d'vn honnefte-
homme, puifque vous en faifiez voftre prin-
cipale eftude.

Ie vous diray donc franchement, que
le Tiltre de voftre Eglogue ne me femble
pas bien iufte ; ie ne voy point de raifon,
qui vous ait pluftoft obligé à l'intituler
CHRISTINE, que MENALQVE.
Car outre que MENALQVE en eft le
principal perfonnage, il s'agit particuliere-
ment de fon départ ; & il y eft pour le
moins autant loüé que la Réine de Suede.

Mais cela est peu de chose ; la Piece ne laisse
pas d'estre parfaitement belle, les pensées en
sont hautes & nobles, les Vers pompeux &
magnifiques, & plus mesme, ce semble, que
cette sorte de Poësie ne le permet. Sans mētir,
ie ne puis conceuoir par quelle fatalité il est
arriué, que les Eglogues & les Idylles qui s'e-
stoient monstrez dans leur commencement,
si simples& si modestes, soient deuenus super-
bes ; & ie m'estonne comment ces belles Bergeres, qui se contentoient autrefois de leurs
Cabannes & de leurs Houlettes , habitent
maintenant lesPalais,& soient parées des plus
riches & des plus somptueux ornemens des
Heroïnes. Ie n'eusse iamais creu que le luxe
& la vanité deussent aller iusques à elles,

     Dedit hanc contagio labem,
Et dabit in plures.

Iuuenal Satyre.
I

Il est à craindre doresnauant que les Vire-lais
& les Rondeaux n'en veuillent faire de mesme, & que cela ne cause vn bouleuersement
estrange dans l'Empire de la Poësie.

    C'est aussi, Monsieur, ce qui a donné lieu
à quelques personnes de reprendre vostre
stile, & de s'opposer genereusement à l'esta-
blissement d'vne chose de si dangereuse con-
sequence. Car enfin, raillerie à part, vous

sçauez mieux que moy, que le veritable caractere des Eglogues doit estre simple. C'est l'opinion de Donat, * de Seruius * & de la pluspart des anciens Grammairiens. En effet les anciens Poëtes Grecs & Latins qui se sont addonnez à ce genre de Poësie, ont ordinairement obserué cette Maxime. Il est vray qu'elle n'a pas esté si vniuersellement gardée, qu'elle n'ait esté violée par quelques-vns ; & l'on voit mesme dans Theocrite des vers d'Homere tous entiers, & le Τὸν δ' ἀπαμειβόμϸος y est en quelque endroit. Mais cela se fait toûjours auec moderation ; & quand Virgile s'est exempté de cette regle, outre que les Maistres y ont trouué à dire, dans ses Eglogues qui sont les plus esleuées, comme dans sa Quatriesme, dans sa Sixiesme & dans sa Dixiesme, il y paroist toûjours vne certaine mediocrité : & si vous voulez prendre la peine de les conferer auec l'Eneide, vous verrez qu'il n'y a point de comparaison. Cela estant, il faut que vous auoüiez que vous auez manqué en ce poinct, & que l'on n'en peut pas dire autant de la vostre ; parce qu'elle est aussi enflée que les *Pharsales* & les *Thébaïdes*.

Et, ce qui est encore à remarquer, elle est purement dramatique, & vous y introduifez feulement deux Pafteurs. Or i'en ay remarqué peu de cette forte dans l'Antiquité, qui ne foient d'vn ftile mediocre ; & fi ie ne me trompe, ce font Celles où vne feule perfonne eft introduite, & Celles où le Poëte parle, qui font d'vn caractere plus efleué. Par exemple dans celle que vous auez citée, *Sicelides Mufa paulo maiora canamus, &c.* il n'y a que le Poëte qui parle; mefmes ce n'eft pas tant vne Eglogue, qu'vn Poëme fur la naiffance du fils d'Afinius Pollio ; & ainfi il ne faut pas que vous en tiriez vne confequence. I'ay encore obferué dans les anciens Poëtes Grecs, que les plus cours Idylles font d'ordinaire les meilleurs, tefmoin celui de Mofchus, intitulé *l'Amour fugitif*, qui eft vne des plus belles pieces de l'antiquité. Et c'eft ce qui me fait croire, que voftre Eglogue eft vn peu trop longue ; parce que la plufpart de celles de Theocrite, de Mofchus, de Bion & de Virgile ne paffent guere cent cinquante vers. Il eft vray que celle de Theocrite, intitulée *Hercule Dôteur de Lyon*, eft de plus de deux cêt quatre vingt vers; mais puis qu'elle eft vnique, il ne faut pas en faire vne regle. Mefmes vous ne pouuez defnier que la voftre ne foit en-

requiri &c Vide Item Iulium, Pompon Sabin. Probum Grammaticum, Diomedem & alios Donat in vita Virgil Bucolicæ dici non debent Pollio, Silenus, & Gallus

Ἔρως δραπέτης.

Ἡρακλὲις λευτοφόρος.

core plus longue : car elle eſt de prés de trois cent vingt vers. Ie ſçay bien que quelques Poëtes des derniers Siecles ſe ſont diſpenſez de ces regles, & qu'ils ont fait des Eglogues & des Idylles d'vn ſtile fort ſublime, & de plus de cinq cent vers. Mais ie ſçay bien auſſi qu'il ſeroit honteux à des perſonnes comme vous, qui marchent ſur les pas des Theocrites & des Virgiles, de s'arreſter à ces exemples.

Quoy qu'il en ſoit, Monſieur, toutes ces choſes ſont preſque arbitraires ; & ſi on peut vous accuſer en ce poinct, vous deuez auoir au moins cette conſolation, que ce ſont des fautes illuſtres, & qui partent d'vne grande Ame. Mais comme dans vos Poëſies Latines, on y reconnoiſt Catulle, Tibulle, Properce, Ouide, Virgile & tous les au-tres : il arriue la meſme choſe en voſtre Eglogue. Car vous m'auouërez que ſi Mrs de Malherbe, de Racan, Godeau, Corneille & Chapelain, y auoient pris ce qui leur ap-partiét, il y reſteroit tres-peu de choſe. Tant vous ſçauez bien, Monſieur, l'Art de meſler les ſtiles differents, & de ioindre les penſées de diuers Autheurs enſemble. Auſſi, pour ne vous en point mentir, d'abord que ie la leus, ie creus que vous auiez enuie de faire vn Cen-

ton;

ton; mais quand i'eus pris garde que vous n'a-
uiez point mis à la marge les noms des Autheurs, dont vous auiez tiré la pluſpart de
vos Vers, ie m'apperceus bien de voſtre deſſein, & que vous auiez voulu vous les ap-
proprier. Et en cela vous ne faites que ſui-
ure ce que dit Seneque, *Quid enim pro-* Senec. lib 1°
hibet alienis ex parte qua noſtra ſunt, vti? de Ira, cap 6. Item Ægid. Menag lib. adop. initio^o
Mais, Monſieur, ce n'eſt pas d'aujourd'hui
que vous poſſédez vn ſi beau talent. Il y a *Tous les Gens de lettres ſça-uent que M^r l'Abbé Guyet en a fait la plus grande partie*
déja long-temps que vos *Origines Françoi-*
ſes, ✱ & vos *Oeuures Diuerſes* ont donné à
toute la France vn témoignage illuſtre de
cette verité. Et tout le monde en eſt telle-
ment conuaincu, qu'il court déja vn bruit,
que dans vos *Remarques ſur l'Amynthe*, il
n'y a pas vn ſeul mot qui ſoit de vous. C'eſt à
mon aduis ce qui a dõné occaſion à vôtre bon
Ami, M^r Coſtar, de vous dire, *Qu'il ſembloit* Entretiens de Voiture & de Coſtar page 29
que vous euſſiez, eſté de tous les ſiecles & de
tous les regnes. Car il eſt certain qu'on voit
dans vos Ouurages des penſées & des ſtiles
de tous les temps. De ſorte que comme vous
feriez bien faſché d'auoir rien fait ſans Au-
torité, vous auez pris des autres juſques à l'Art
de dérober les autres. Vous ſçauez que Lipſe
a trouué cette belle inuention deuant vous,

& que dans ſon Liure des *Politiques* , il n'y a
que les poinᶜts & les virgules qui luy appar-
tiennent. On peut dire neantmoins à voſtre
âuantage, que vous auez eſté beaucoup plus
loin que luy . Car vous auez adopté des Liures
entiers , qui eſt quelque choſe de plus ex-
cellent & de plus rare. Et c'eſt pour cela,
que lors qu'on me dit , que vous vous vantiez
d'auoir fait mon *Epiᶜtete* , je répondis ſeulement,

> *M E N A G E ce pauure Poete*
> *Dit qu'il a fait mon* Epiᶜtete,
> *Ce n'eſt pas choſe eſtrange en luy*
> *D'Adopter les Oeuures d'autruy.*

Et cette Vertu vous eſt ſi particuliere , que
m'eſtant rencontré il y a quelques iours dans
vne Compagnie de fort hõneſtes gens, où vos
Oeuures eſtoient le ſujet de la conuerſation;
comme quelque perſonne eut aſſeuré que
vous auiez entrepris de faire imprimer en vn
Volume toutes les pieces qui auoient eſté
faites à l'honneur de la Reine de Suede : il y
eut vn Galant-homme qui dit qu'il ſembloit que vous euſſiez pris à taſche de faire

imprimer tous les Ouurages d'autrui. Iugez de là l'eftime qu'on fait de vous dans le monde, ie vous conjure de perféuerer dans ce noble deffein, vous ne rendrez pas vn petit feruice au public. Ie ne fçay qui a confeillé à la Reine de Suede de vous donner cét employ; mais elle n'en pouuoit choifir vn qui vous fut plus propre, ni qui fut plus digne de vous. Vous eftes fans mentir le premier homme du monde en ce genre-là; il n'eft befoin que de lire voftre *Liure adoptif* pour en eftre perfuadé ; car malgré toute voftre modeftie, il faut que vous confeffiez qu'il n'y a rien au monde de plus correct, & que les virgules & les points y font tres-exactement obferuez.

Mais comme il eft impoffible d'arrefter la langue des Poëtes, voftre liure intitulé, *Mifcellanea*, dans lequel voftre *Liure adoptif* eft inferé, n'a pas efté à l'efpreuue de leur médifance, il a couru depuis peu vne Epigramme qui peut-eftre n'eft pas venuë iufques à vous, & que ie m'en vais vous efcrire pendant que ie m'en fouuiens.

MENAGE *ayant deſſein d'eſtre des gros Autheurs,*

Courut viſte au Parnaſſe inuoquer les neuf Sœurs;

Afin d'apprendre la maniere
De faire vn gros volume auec peu de matiere.
Auſſi-toſt qu'on l'euſt entendu
Cét Oracle luy fut rendu.

ADOPTE VN LIVRE AMI MENAGE,
ET METS TON NOM A CHAQVE PAGE.

Sans mentir ie trouue que l'Autheur de
cette Epigramme à grand tort d'auoir voulu
railler d'vne choſe dont tant de gens ſe pour-
roient accommoder : car ſi cette *Adoption*
eſtoit receuë dans la Republique des lettres,
il n'y auroit perſõne qui n'eſperaſt de deuenir
Autheur, & de faire de gros volumes en
fort peu de temps. Que voulez-vous, c'eſt
de tout temps que l'enuie & la malice ſe ſont
oppoſées à la naiſſance des plus belles produ-
ctions de l'eſprit; & ſi l'on parle mal de ce
que vous faites, c'eſt vne diſgrace qui vous
eſt commune auec les plus grands hommes
de l'antiquité. Voila Monſieur, vn beau ſu-
Balzac. jet pour vous diſpoſer à faire quelque iour
des *Relations à Ménandre.* Ie n'ay garde

d'entreprendre voſtre Apologie cõntrē ce
Poëte; Ie ſçay qu'il faut eſtre *Daphnis* pour
s'en acquiter dignement , & cela veut dire
en bon françois, qu'il n'y a que *Ménage* qui
ſoit capable de defendre & de loüer *Ména-*
ge comme il faut. Neanmoins pour vous
en parler franchement, ie trouue la loüange que vous donne icy voſtre *Daphnis* vn
peu froide, par ce qu'elle eſt exceſſiue; car
quelle apparence de vous parler *des brillans* verſ 14.
éclairs de voſtre viue Eloquence , vous, M^r
qui y auez renoncé il y a ſi long-temps. v. 32.
Pourquoy vous faire *l'Arbitre de tous les Do-*
ctes; combien penſez-vous qu'il y en a qui
déclineroient voſtre Iuriſdiction, & qui ap-
pelleroient de vos iugemens comme de Iuge v. 28.
incompetant. Pourquoy vous dire *que vous*
poſſédez, en ces lieux le repos de l'eſprit & la
ſanté du corps; tous ceux qui vous connoiſ-
ſent n'en demeureront iamais d'accord. Vous
pouuez vous ſouuenir que lors que vous fiſtes
cette pièce, vous auiez vne demangeaiſon ſi
eſtrange depuis les pieds juſques à la teſte,
qu'elle ne vous laiſſoit pas joüir d'vn mo-
ment de repos; & d'ailleurs vous ſçauez que
naturellement vous auez l'eſprit inquiet. A
quel propos dire, *qu'on eſtime vos vers*, & v. 30.

qu'on les loüe à l'efgal des *Chanfons du Pafteur
de Mantoüe.* Dites moy en verité, auiez
vous peur que depuis la mort de Monfieur
de Balzac le genre humain ne manquaft de
gens qui fe louaffent eux-mefmes. Mais
M^r ce qui me femble infuportable, c'eft
quand vous voulez faire acroire, *que pour
vous feul les Nymphes ceffent d'eftre legeres.* Vrayment vous eftes vn joly mignon
pour cela, ce chagrin & cette humeur criti-
que qui ne vous abandonnent iamais, font
fort le fait d'vne Dame, & vos paffages
Grecs & Latins font de jolies fleurettes pour
gaigner vn cœur.

Tout de bon, penfez-vous que ces fortes
de loüanges fe puiffent lire auec des yeux de
complaifance? Car comme l'on fçait que par
Ménálque vous entendez parler de vous; à
caufe du rapport qu'il y a du mot de *Ménalque* à celuy de *Menage,* l'on voit bien que
vous auez eu deffein de vous loüer vous mefme. Ie vous auoüe que ceux qui fçauent parfaitement voftre merite n'y trouueront peut-
eftre pas tant à dire: mais puis que vous donnez voftre piece au public, & que vous l'en
faites Iuge, il faut confiderer que tout le

monde n'eft pas obligé de vous cõnnoiftrē
& d'eftre de vos amis.

Il y a Monfieur cent autres chofes de la
mefme force dans voftre Eglogue; mais ie
n'aurois iamais fait fi ie voulois defcendre
iufques dans le particulier. Permétez - moy
feulement de me réjouir auec vous de ce bel
endroit, ou apres que vous auez parlé des
meuitres horribles qu'ont fait les foldats,
& apres que vous auez dit que leurs mains
facriléges ont abbatu des Temples & des
Autels; enfin pour vn dernier excez vous
leurs faites rompre des flageolets & brifer
des chalumeaux. Sans mentir l'Enthou-
fiafme vous a emporté, car quoy que vous
puiffiez dire, c'eft tomber de haut en bas.
le fçay bien ce qu'on peut alléguer en voftre
défenfe, que les Bergers font plus de cas de
leurs flageolets que de toute autre chofe,
mais pardonnez moy fi ie vous dis que cette
raiion n'eft pas bonne; & fi Seneque dans
fes queftions naturelles, a repris Ouide,
pour auoir mis en décriuant le Deluge ce de-
mi vers, *le Loup nage entre les brebis*, apres
auoir dit que l'eau eftoit par deffus les mon- nat. lupus ina-
tagnes; croyez moy qu'il y a icy bien plus ter oues.

de sujet de reprendre *Ménalque.*

Mais, Monsieur, tout cela n'est rien, les grands Maistres côme vous sont au dessus des régles : mesmes ces petits defauts sont quelquefois comme des ombres qui seruent merueilleusement à rehausser l'éclat des choses excellentes. Tout ce que les delicats peuuent trouuer à dire à vostre piece, c'est que vos Bergers ont de certaines phrases poëtiques qu'ils affectent vn peu trop, comme. *En charmes feconde, A nulle autre pareille, A nulle autre feconde, Ce chef-d'œuure des cieux, Ce chef-d'œuure d'Amour, Ce miracle d'Amour* & cent autres epithetes qui ne signifient que la mesme chose. Ils ne s'expriment encore le plus souuent que par *mille* & par *cent*, & ne parlent d'ordinaire que *de Charmes, d'Appas, d'Attraits, de beaux & d'aimables lieux*, &c. Il est vray en récompense aussi que les *brillans éclairs de vostre Eloquence* sont dispersez en tous les endroits de la piece, car il n'y est presque fait mention que d'Astre & de Soleil. Vous côparez les fleurs de vostre
v. 25. parterre aux *Astres*, vous appellez CHRISTINE *Nouueau Soleil* & *Astre naissant*, vous
v. 83. & 112. dites à ABEL *qu'il a l'esprit plus clair que le*
v. 172. *Soleil,* il n'est pas jusqu'à vostre DORIS qui

n'en

n'en ait ſa part. car quelquefois vous la v. 172.
nommez *Aſtre brillant*, tantoſt *plus belle que* v. 239.
le iour. en vn endroit vous dites *que ſes yeux* v. 240.
ſurpaſſent la ſplendeur du bel Aſtre des Cieux; v. 263.
& en vn autre, *qu'ils ſont plus beaux que le* v. 312
Soleil. Tout cela, Monſieur, fait bien voir
quoy qu'on en veüille dire, que vous auez
l'eſprit extremement illuminé. Mais ce qui
me rauit, c'eſt de voir l'égallité que vous
gardez entre POMPONE & ABEL.
Vous eſtes ſi juſte que vous ne voudriez pas
auoir donné vne loüange à l'Vn, que vous
n'euſſiez donnée à l'Autre. Car ſi vous dites
à POMPONE *qu'il nous promet la ſai-*
ſon de Saturne, vous dites à ABEL *qu'il*
nous promet le ſiecle d'or. Si Celui-ci *force la*
raiſon par ſon langage; Celui-là *charme les*
eſprits par ſon diſcours. Si *les peuples eſtran-*
ges entonnent la louange de POMPONE;
Cent nations ne manquent point *de celebrer la*
*prudence d'*ABEL. Et enfin ſi l'Vn *aime vos*
Chanſons, l'Autre *les eſcoute attentif.* En verité cela me ſemble fort ingenu. vous pouuiez pourtant conſiderer que POMPONE
& ABEL eſtoient des hommes Incompara-
bles, & qu'il n'y auoit pas vn des deux qui ne
meritaſt luy ſeul voſtre piece entiere quand

C

elle euſt eſté beaucoup plus belle. C’eſt ce que reſpondit Mõſieur le Cardinal de Richelieu à vn Autheur, qui luy auoit fait vne Epiſtre limi naire, où il loüoit extremement vn Magiſtrat d importance. *Vous pouuiez*, luy dit-il, *vous paſſer de me dedier voſtre Liure Monſieur le* ✶✶ *meritoit bien luy ſeul vne Epiſtre liminaire.* On ne ſçait qui vous voulez loüer dauantage de *POMPONE*, d’*ABEL*, de *CHRIS-TINE*, de *IVLES*, de *DORIS*, ou de *MENALQE*. Mais ce qui me ſemble icy de plus eſtrange, c’eſt cette qualité *de forcer la raiſon* que vous donnez à *POMPONE*. Car vous ſçauez (*vous Monſieur qui ſçauez tout*) qu’il ne ſe ſert que de la douceur de ſon genie, & de la delicateſſe de ſon eſprit pour perſuader ce qu’il veut. Il n’a beſoin ni de reſ-forts, ni de machines pour faire entrer la rai-ſon dans les ames, & ne ſçeut iamais ce que c’eſt que de forcer perſonne. Ie ne ſçay ſi ie ne vay point trop auant ; mais ie ſuis reſolu de ne vous rien diſſimuler. Toutes ces repetitions & ces manieres de s’expri-mer, font voir que vous trauaillez auec peine & que vous n’enfantez point ſans tranchées Ie demeure bien d’accord auec vous qu’on

Suitte de la defenſe de voi-ture. page 4

trouue peu de fautes en vos vers. Mais il faut
que vous confessiez aussi qu'on n'y trouue
rien de nouueau ni de surprenant. Comme
la Poësie n'est faite que pour plaire, il faut
qu'elle emporte l'ame. A moins que cela il n'y
a rien de si fade ni de si importun. Tout ce
que l'on peut dire à vostre auantage, c'est que
vous estes vn Poëte par Art, & du nombre
de ceux que Platon appelle φαυλικοὶ dans son
Dialogue de la *Fureur Poëtique*. En effet ce
n'est point l'estude qui nous fait Poëtes c'est
vne espece de Sainte Fureur que la Nature
donne à certains hommes, & que l'art ni l'e-
stude ne peuuent acquerir. Croyez moy,
Monsieur, vous auez le jugement trop bon
pour estre bon Poete. Vous feriez beaucoup
mieux de vous appliquer à quelque estude
plus sérieuse, & d'aller rechercher les Origines de la Langue Suedoise, ou de quelque autre de cette nature, que de vous amuser à ces
fortes de choses qui demandent vne viuacité
& vn feu que vous n'auez point. I'aurois bien
remarqué icy les endroits d'où vous auez
tiré la plufpart de vos Vers. Mais i'ay fongé
que c'euft esté me donner de la peine inutile-
ment. Vous fçauez mieux que moy d'où
vous les auez pris ; & il n'y a personne pour

peu qu'il foit verſé dans la lecture de nos Poetes, qui ne reconnoiſſe tres-aiſément ce que je dis.

Si vous auez deſſein que ie vous parle plus preciſement ſur ce ſujet, vous n'auez qu'à m'en faire aduertir. Ie vous promets que ie vous donneray pleine & entiere ſatifaction. Ie vous monſtreray que non ſeulement dans voſtre Eglogue, mais dans tous vos Vers Grecs, Latins, Italiens & François, il n'y a pas vne ſeule penſée qui ſoit de vous. Et pour vous teſmoigner que ce que ie dis n'eſt pas vne raillerie, vous jugerez du reſte par cét échantillon.

Menag. Εἰς Τελέσιλλαν.

Menag. Miſ-
cel Poëm.
Græc Epig 13.
pag. 80.

Γλῶττα ἔχω Τελέσιλλαν ἔχων· εἰ πάντα δέ γ' ἔξω
  Μὴ Τελέσιλλαν ἔχων· καὶ πότε μηδὲν ἔχω.

Iulianus Εἰς Θήρωνα.

Anth lib 7.
pag 629.

Ἢν ἐσίδω Θήρωνα, τὰ πάνθ' ὁρῶ· εἰ δὲ τὰ πάντα
  Βλέψω τὸν δέ γε μή, τοὔμπαλιν οὐδὲν ὁρῶ.

Comme vous voyez, ces deux Epigrammes ſe reſſemblent fort, Car Iulien dit, *Lors que je voy Théron, je voy toutes choſes ; & quand je verrois toutes choſes , ſi je ne voy Théron, je ne voy pourtant rien.* Et vous, Monſieur, vous dites, *Lors que j'ay Téléſille , j'ay toutes choſes ; & quand j'aurois toutes choſes , ſi je n'ay Téléfille je n'ay pourtant rien.*

Menag. de Metello Boſcoroberto.

Miſcell.
Poëm Lat.
pag 74.

Sermones patrio ſcripſit ſermone *Metellus,*
   Parcere dum ſcriptis vult, Venuſine tuis.

Buchanan. lib. 1. Epigr.
De Mellino Sangelaſio.

Mellinum patrio ſale carmina tiñgere iuſſit
   Parceret vt famæ, Muſa, Catulle tuæ.

La penſée de Buchanan eſt, que *Saint Gelaïs* a eſcrit en *François,* afin d'eſpargner la reputation *de Catulle.* Et la voſtre eſt, que M.r *de Boiſrobert a eſcrit en François,* afin d'eſpargner la reputation d'*Horace.*

Sonnetto di Menag.

Oſſeruationi
ſopra l A-
mint.

Vago di fama, e cupido d'onore,
Nel dolce tempo de la prima etade,
Giua cercando nobile beltade,
E del mio canto degna, e de l'ardore.

Tal Filli hò trouat'io, mercè d'amore,
Giunta à ſommo ſaper ſomma bontade.
Ogni chiara virtute, ogni oneſtade,
Han caro albergo nel ſuo nobil core.

La guancia ell' hà più florida d'Aprile,
Più candido è 'l suo sen di neue pura,
Il sole oscuran de' begli occhi i rai.

Ninfa non fù giammai cosi gentile,
Ma (ahi lasso troppo tarda alta ventura!)
Non più cercaua, quando la trouai.

POESIES DE M^r DE GOMBAVT.
Epig. 38.

Pour sujet de mes vers en la fleur de mon âge,
J'ay cherché quelque Nymphe illustre, belle &
     sage ;
Et qui pust m'inspirer cent ouurages diuers.
Telle & plus merueilleuse Olympe est arriueé.
Mais le Ciel m'a trop tard ses thresors descou-
     uerts,
Je ne cherchois plus rien lors que je l'ay trouuée.

Ie veux croire pour voftre honneur, que
vous n'auez pretendu que traduire l'Epigramme de l'Illuftre Monfieur de Gombaut;
mais fi ç'a efté là voftre penfée, puifque vous
efcriuiez pour les Italiens, qui ne font pas fort
curieux de noftre langue, il eftoit bon de
les aduertir de voftre deffein, & de commencer vos *Remarques fur l'Amynte* par
le Commentaire de voftre Sonnet Auffi bien

les Italiens se sont desja apperceus que vous
ne faisiez pas grand scrupule de prendre le
bien d'autruy. Voicy vne Epigramme qui a
esté faite par eux sur voftre Liure, & qui en est
vne preuue affez euidente.

GRECO, Latin, Toscano
Non è Poeta, ond'io non habbia tolti
I più nobili detti,
I più fini concetti,
E dentro il libro mio poscia raccolti:
E pur ne' le botegghe egli marcisce.
Così grida Menaggio, e si stupisce.
Deh non ti paia strano,
Che niun' huom' di coscienza dilicata
Ardisca di comprar robba rubbata.

POESIES FRANCOISES
de Mr Menage Eglog. pag. 102.

J'entends Amarillis qui chante dans ce bois,
Taisez vous Rossignols, Zephirs faites silence.
Agreables ruisseaux coulez sans violence,
Et n'interrompez point les accens de sa voix.

AIR DE MONSIEVR DE
Boiſrobert.

Doux ruiſſeaux couleʒ ſans violence,
Roſſignol ne vante plus ta voix,
Vous , Zephirs , tousjours faites ſilence,
C'eſt Iris qui chante dans ce bois.

Vous dites encore en ſuite dans la meſme piece

N'eſpargnez point les fleurs pour voſtre Ama-
rillis,
Il en naiſt en tout temps ſous les pas de Philis.

Recueil de vers de l'année 1630. page 166. # POESIES DE MONSIEVR
de Racan.

Chanſon d'vn Berger à la Reine.

Allez dans la campagne, allez dans la prairie,
N'eſpargnez point les fleurs,
Il en reuient aſſez ſous les pas de Marie.

Cette penſée vous plaiſt. Car vous la repetez encore dans le Sonnet que vous auez fait ſur la guirlande de Iulie.

Vous

Vous qui pour sa guirlande allez cueillant des
  fleurs,
Ne les espargnez point pour vn si bel ouurage.
Venez de mille fleurs sa teste couronner,
Sous les pieds de Iulie il en naist dauantage
Que vos sçauantes mains n'en peuuent mois-
  soner.

Mais, pour reuenir à nostre sujet, permetez moy que je vous cite encore deux Vers, qui sont sans contredit les plus beaux de vostre Eglogue:

Le Danube en trembla caché dans ses roseaux,
Et saisi de frayeur precipita ses eaux.

Le Celebre & l'Heroique Monsieur Chapelain, dans cette belle & inimitable Ode à Monsieur le Cardinal de Richelieu, parlant aussi du Danube dit,

Qu'il redouta le joug, fremit dans ses roseaux,
Pleura de nos succes, & grossi de ses larmes,
Plus viste vers l'Euxin precipita ses eaux.

Sans mentir, Monsieur, je serois fort empesché de vous dire qui sont les mieux imitez ou de vos Vers François, ou de vostre Sonnet Italien, ou de l'Epigramme Grecque,

D

ou de l'Epigrãme Latine. Ce que ie puis vous asseurer, c'est que tous ces Vers me semblent volez fort fidellement. Vous ne faites pas cõme ce Galant homme de vostre connoissance, qui prend quelquefois *Ciceron* pour *Brutus*. Qui met les passages des Autheurs en pieces & par lambeaux, qui les écorche & les défigure de telle sorte, qu'ils ne sont pas reconnoissables. Pour vous, vous n'estes pas si inhumain. Quand vous prenez quelque Piece, vous la prenez toute entiere, & la laissez cõme elle est. Mesmes, pour peu qu'elle vous plaise, vous conceuez aussi-tost des sentimens de Pere pour elle, & ne manquez pas de l'*Adopter*. Aussi M^r pendant que vostre Ami s'amuse en cachette à destruire les restes dequelques vieux Edifices, vous pillez ouuertement des Prouinces toutes entieres. Voila ce qu'on appelle proprement *estre vn Braue Autheur*. Continuez toûjours ces illustres brigandages. Enrichissez-vous des dépouilles des Nations estrangeres. Estendez vos Conquestes jusques aux Hebreux & aux Arabes, si vous pouuez; & n'espargnez non plus les Espagnols, que vous auez espargné les Grecs, les Latins, les Italiens & les François. Vous trouuerez peut-estre mauuais que i'aye publié cette Lettre. Mais ie vous promets que j'agiray auec vous de la mesme sorte, que vous auez agy auec M^rs de l'Academie; & que si vous auez supprimé vostre *Requeste des Dictionnaires*, apres que cinq ou six Editions en ont esté faites, ie ne manqueray pas d'user de la mesme moderation enuers vous. Mais à propos de cette *Requeste*, il faut M^r, que je vous die, que je me suis estonné plusieurs fois comment des personnes se sont si fort scandalisées, que vous l'eussiez fait imprimer. Ce n'est pas qu'en apparence, il ne semblast qu'il y eust quelque chose à dire en vostre conduite, puis qu'enfin dans cette Satyre, vous escriuez contre beaucoup de gens auec qui vous faisiez profession d'amitié; & qui d'ailleurs n'auoient pas peu serui à establir vostre reputation. Mais pourtant il falloit considerer que vous ne faisiez que vostre deuoir. Et certes les seruices considerables que vous auiez receu des *Dictionnaires* & l'interest que vous auiez en la conseruation de *Nicod* & de *Calepin*, estoient des sujets assez suffisans pour vous faire esclater en cette occasion, & pour vous faire prendre leur party, aux despens de tous vos Amis.

Requeste des Dictionnaires Supplie humblement Calepin auec Nicod &c.

D ij

Mon deſſein eſtoit de finir en cét endroit.
Mais mon cher Amy le ſçauant & le poli Monſieur de la Meſnardiere, me vient d'enuoyer
le liure de voſtre *Flateur*, où ie ſuis traité
d'vne ſi belle maniere, que ie ne puis m'em-
peſcher de vous teſmoigner le reſſentiment
que j'en ay. Eſt-il poſſible ‚Mr‚ que cét
homme ne ſe puiſſe défaire de ſes *Beueues*?
I'en ay trouué vne ſi terrible à l'ouuerture
de ſon Liure, que je doute encore ſi mes
yeux ne m'ont point trompé. C'eſt en la
page 254. Voicy ces termes. *Dans quel vieux*
Bouquin Mr de Girac a t'il trouué qu'il y eut
des Accens *dans la Langue Hebraique?&c. Je*
penſe que Dieu a permis cét aueuglement, afin
d'humilier noſtre Docteur, *& le punir d'vne in-*
finité de beueuës *qu'il me reproche,* &c. Y en
euſt-il jamais vne pareille à celle-là? Où a-t-il
trouué luy meſme qu'il n'y euſt point d'*Ac-*
cens dans la Langue Hebraique? Ne ſemble-til
pas bien pluſtoſt que Dieu a permis cét aueu-
-glement ‚afin‚ d'humilier ce *Fanfaron*? Car
enfin quoy que ie ne ſçache point d'Hebreu‚ il
me ſouuient pourtant bien d'auoir leu dans
la Grammaire Hebraique de Bellarmin , vn
Chapitre des *Accens‚* qui cõmence ainſi. *Ac-*

centus Hebrais triplex eſt. Rhetoricus, Gram- Inſtitut. He-
maticus & Muſicus. Porro Rhetorici Ac- braicæ Bellar
centus quatuor ſunt, Grammatici autem tri- cap 6 p. 29.
ginta & vnus, &c. I'ay appris meſmes du
plus docte & du plus ſçauant de noſtre ſiecle,
Monſieur Gaulmin, qui eſt vn Iuge Souuerain
en ces matieres, que toute la Poëſie des
anciens Hebreux ne conſiſtoit que dans les
Accens. Cependant, comme vous voyez, voſtre Ami veut qu'il n'y en ait pas vn ſeul, en
dépit de toutes les Grammaires, de tous les
Rabins, & de tous les Enfans d'Iſrael.

Il, eſt bien vray que les *Accens* dans les
anciens manuſcrits n'eſtoient point marquez : mais peut on aſſeurer pour cela, qu'il
n'y ait point d'*Accens* dans la Langue Hebraique? Quoy? parce que les Accens ne ſont
point marquez dans les anciens Manuſcrits
Grecs, eſt ce à dire qu'il n'y a point d'*Accens*
dans la Langue Grecque? Cette conſequence
eſt elle raiſonnable?

Encore ſi cét Homme auoit fait tout ſeul
vne ſi ridicule *beueue,* ce ne ſeroit pas vne
choſe ſi extraordinaire. Mais comment vous,
qui auez pris le ſoin de l'Edition de ſon Liure qui vous eſtes vanté en tant d'endroits de
l'auoir preſque refait tout entier, & d'y

auoir corrigé plus *de deux cent fautes* : comment, dis-je, auez vous laissé passer celle-cy ? Vous qui auez cité tant d'Hebreu & tant d'Arabe dans vos *Origines Françoises* ; Qui sçauez *le plus & le mieux en cinq ou six sortes de Langues* ; & Qui auez joint *toute l'erudition & la probité agissante & officieuse* en vne mesme personne : comment auez vous laissé glisser vne méprise si grossiere ? Dans quel païs erroit alors vostre esprit ? Pourquoy *le Torrent de vostre bouche à douze fontaines*, ne s'est-il pas débordé en vne occasion si importante ? Ie ne sçay pas ce que dira, Mr de Girac ; mais je sçay bien que pour peu qu'il se veüille defédre vostre reputation est fort en dáger, aussi bien que celle de vostre Ami. Ie suis obligé pourtant de rendre ce tesmoignage à la verité, qu'au milieu de ces *Beueues*, je n'ay peu m'empescher d'admirer sa subtilité & son addresse. Ie ne sçaurois cóceuoir encore ce qu'il a fait, ni quelles machines il a remuées, pour mettre tout ce qu'il a dit dans vn si petit Volume. Ie ne croy pas qu'il n'y ait fait entrer tout *Stobée, Lycosthene, Polyanthea*, & tous les *Quolibets* de la Cour. Certainement ce secret est rare. Ie ne connois personne, apres vous, qui se serue mieux & plus souuent de Lieux com-

muns que luy. On voit bien qu'il eſt fort de
vos Amis, Car il vous traite auec beaucoup
plus de ciuilité, qu'il ne traite meſme Son
Eminēce. Quoy qu'en apparēce, il luy dedie
ſonLiure, c'eſt à vous effectiuement qu'il ap-
partient. Il n'en a que le Tiltre, & vous poſſe-
dezle fonds. Il vous dōne le ſuc & la ſubſtāce;
au lieu qu'il ne luy donne que l'écorce & la
couuerture. Auſſi, quand il vous parle, c'eſt
tousjours auec des termes d'honneur & de Eſpître limi-
reſpect; & quand il entretient Monſieur le naire.
Cardinal, c'eſt auec vne franchiſe & vne
liberté qui n'eſt pas imaginable. Il ſe com-
pare quelquefois à luy, il voudroit luy per-
ſuaderque les guerres qu'il a cōtreMᵣdeGirac,
ſont ſemblables à celles que ce Grand Mini-
ſtre ſouſtient contre lesEnnemis de l'Eſtat. Il
adjoûte en ſuite, *que dans ces petites guer-* page 5.
res, il ne s'y perd que de l'encre & du papier;
qui périroient auſſi bien en d'autres occaſions,
& poſſible moins honnorables. Se peut-il rien
dire de plus familier? Cette expreſſiō n'eſtelle
pas tout à fait noble? Ne laiſſe-t-elle pas vne
fort honneſte idée dans l'eſprit des Lecteurs?
Ce*papier* m'a fait ſouuenir de celuy desAnna-
les de Voluſius, dont parle Catulle. Ne vous
imaginez pas que cette penſée ſoit venuë à

moy feul. Vne infinité de Perfonnes d'erudition & de qualité, l'ont eue auffi bien que
moy. Ie m'eftonne feulement comment vous
qui auez fi bon nez n'ayez pas fenti vn fi fin
endroit. A vous dire vray, pour vn homme
comme voftre Ami, qui croit auoir *le gouft*
fi delicat, & fi raffiné, & qui pretend *entretenir*
toute la Cour, & tout le monde poli, cela me
femble bien peu galant. Vous agiffez bien
d'vne autre forte auec Monfieur le Cardinal.
Vous ne le faites ni de vos ieux ni de
vos diuertiffemens. Si l'on vous veut
croire, il ne fe plaift qu'au bruit des Tambours & des Trompettes. Il a en horreur
toutes les Mufes, il fuit leurs concerts, *Et n'ef-*
time des bergers les plus doctes Chanfons, que
de vaines-douceurs & d'inutiles fons. Voila
fans mentir vne maniere de loüer fort nou-
uelle. On a befoin de toute la bonne opinion
qu'on a de vous, pour fe perfuader que vous
n'auez pas deffein de railler. Si toutes les
faueurs que vous faites, font femblabes à
celle-cy, ie trouue que ceux à qui vous fongez
le moins, ne font pas les plus mal-heureux.
Vos louanges font vn peu dangereufes, auffi
bien que celles de voftre Ami ; elles ont des
ongles & des griffes. Vous flattez de la
mefme

mefme forte, que les autres pinfent & égra-
tignent, & vos plus grandes douceurs font
meflées de fiel & d'Abfinthe En effet, M^r,
ne dites vous pas vne chofe fort obligeante
à la Reine de Suede? Quand dans ces beaux
vers, que vous auez fait, pour mettre au bas
de fon portrait, vous luy parlez ainfi.

Quidquid agit blandé veneres comitantur
 agentem,
Et vn peu apres.
 Seu mouet ad certos mollia membra modos.

Cette Galanterie n'eft elle pas ingenieufe?
Ne fait elle pas vne Equiuoque fort agreable?
N'eft-ce pas là vne belle façon d'honnorer
Vne des plus Sçauantes, des plus Vertueufes
& des plus Grandes Reines du monde?
Confeffez la verité, fi vous auiez à parler d'vne *Lays*; vous pourriez vous feruir
de termes plus choifis, plus propres & plus
energiques? Neantmoins, M^r, puifque ces
chofes vous reuffiffent, je n'ay garde d'y
trouuer à dire. Cela me confirme feulement
dans l'opinion que j'ay toûjours euë, que les
Grands, voyent les chofes tout autremēt que
le refte des hōmes. Voftre Ami ne fe trompe

page 227.
pas quand il asseure, que *c'est quelquefois vn malheur d'estre si sçauant.* Il justifie assez ce qu'il dit par luimesme. Il sçait tantde choses, qu'il n'arriue rien, dont il ne trouue tousjours la raison dans ses *Recueils.* Si Mr de Girac ne respond point; c'est parce page 8 qu'il n'a pas *vn Page comme Darius, qui lui crie de temps en temps. Souuenez-vous que les Atheniens vous ont offensé.* Si vous auez page 2. vne *bouche à douze fontaines*; c'est parce qu'vn méchant Poete, dont parle Cratinus voftre bon Ami en auoit vne. Et enfin s'il fait des *beueues*; c'est parce que *Seneque, Aufone,* page 56. *Erafme, & le Chancelier Bacon* en ont fait. Ce sçauant, M^r, a l'esprit tourné à peu prés comme le voftre Il n'y en euft jamais vn plus prodigue des penfées d'autrui, & plus auare des fiennes. Cela me fait souuenir d'vn bon mot de feu l'illuftre Monfieur le Pailleur; Qui vous dit, apres que vous euftes entretenu des Dames fort long temps des Sentences & des Apophtegmes des Anciens, *Il y a, M^r, deux heures entieres, que vous nous parlez de ce qu'ont fait les autres. Y a-t-il efperance que vous nous direz, à la fin quelque chofe de vous ?* Comme vous voyez, on pourroit bien encore appliquer cette refpon-

CHRISTINE

EGLOGVE.

M. DC. LVI.

Virgile Eglog. IV.

——————————— *paulò maiora canamus.*
Non omnes arbusta iuuant humilesque myricæ.

CHRISTINE EGLOGVE.

DAPHNIS MENALQVE.

DAPHNIS.

Ornement de nos Bois, de nos Champs la
    merueille,
Berger, quel bruit estrange a frappé mon oreille?
Menalque, il est donc vray que tu quittes ces lieux,
L'agreable sejour des Hommes & des Dieux?
5 Ces lieux, où les Zephyrs de leurs tiedes haleines
Eschauffent doucement les Vallons & les Plaines:
Où de l'Astre du jour les fertiles chaleurs
Produisent en tout temps & des fruits & des fleurs:
Où l'on voit dans les eaux noger mille Naiades:
10 Où l'on voit dans les bois danser mille Dryades.
Et tu quites ces lieux, trop volage Berger,
Pour vn climat affreux, pour vn ciel estranger!
N'est-ce pas à ces lieux que tu dois ta naissance,
Et les brillans eclairs de ta vive eloquence?
15 N'est-ce pas de ces lieux que ta Prose & tes Vers
Ont porte ta loüange à cent Peuples divers?
Aux rivages fleuris & de Seine & de Marne,
Aux rivages fameux & du Tibre & de l'Arne.

Rien dans ce beau climat ne manque à tes plaifirs.
20 Toute chofe à l'enuy contente tes defirs.
Tes Vignes tous les ans ton attente furpaffent.
Sous tes Epics nombreux les Faucilles fe laffent.
Cent Bœufs fur tes Guerets tracent mille fillons.
Mille Agneaux bondiſſans paiffent dans tes Vallons.
25 Mille agreables Fleurs, comme Aftres de la Terre,
Font briller en tout temps l'émail de ton Parterre.
Tu poffedes en paix deux precieux trefors
Le repos de l'efprit & la fanté du corps.
On eftime tes vers, on les chante, on les loüe
30 A l'egal des chanfons du Pafteur de Mantoüe.
Menalque parmy nous, parmy les Eftrangeres
Eft l'Arbitre aujourd'huy des plus doctes Bergers.
De ces aymables lieux les Nymphes, les Bergeres
Pour toy feul aujourd'huy ceffent d'eftre legeres.
35 Et tu quittes ces lieux pour ces triftes climats
Le funefte fejour des Vents & des Frimats,
D'où des afpres Hyuers l'eternelle froidure
A banny pour jamais l'agreable verdure!

MENALQVE.

A quoy tendent, Daphnis, tant de propros flateurs?
40 Ie fuis, & tu le fais, le moindre des Pafteurs.
Oüy, ie quitte, Daphnis, ces Bois & ces Riuages,
Ces fertiles Vallons, ces riches Pafturages.
Ouy, Daphnis, il eft vray, i'abandonne ces lieux
Si chéris autrefois des Hommes & des Dieux.
45 Mais helas! aujourd'huy l'execrable Malice,
La Rage & la Fureur, la Fraude & l'Injuftice
Baniffant

Banniſſant les Vertus, les Graces & l'Amour,
En ces aymables lieux ont choiſy leur ſejour.
Daphnis, qui l'euſt pensé? les Armes de nos Princes,
50 *Comme vn torrent épars inondent nos Provinces,*
Et nos propres Soldats, ces Monſtres de l'Enfer,
Ravagent ces beaux lieux par la flame & le fer.
Helas! combien de fois ay je veu leurs eſpées
Dans le ſang des Bergers indignement trempées?
55 *Combien de fois, helas! ay-je veu ſur ces bords*
Des rivieres de ſang, des montagnes de Morts?
Par vne impieté qui n'euſt iamais d'exemples
Leurs ſacriléges mains ont prophané nos Temples,
Abatu nos Autels, ſaccagé nos Hameaux,
60 *Rompu nos Flageolets, brisé nos Chalumeaux.*
On coupe nos Lauriers, on trouble nos Fontaines,
On brule les Moiſſons de nos fertiles Plaines.
Les Chardons épineux naiſſent dans nos Guérets
Nos Iardins cultivez deviennent des Foreſts,
65 *Et des Loups deuorans la ſanglante furie*
Deſole les Troupeaux de noſtre Bergerie.
Ouy, je quitte ces lieux pour ces nobles climats,
Iadis l'affreux ſejour des Vents & des Frimats,
Aujourd'huy le ſejour de l'amoureuſe Flore
70 *Plus riant que les lieux où ſe leve l'Aurore.*
Par ſes divins appas, par ſes attraits charmans
Vne Nymphe celeſte a fait ces changemens.
Sous ſes pas en tout temps les fleurs naiſſent écloſes,
Les œillets & les lys, les jaſmins & les roſes.
75 *Sa parole applanit les humides ſillons.*
Sa parole en Zephyrs change les Aquilons.

E

Sa presence embellit le crystal des Fontaines,
Fait verdir les Forests & fait jaunir les Plaines.
Ses yeux par leurs regars adouciffent les Airs,
80 Et diffipent les Nuits par leurs brillans éclairs.

DAPHNIS.

Quelle eft donc cette Nymphe en charme fi feconde,
Et qui change à fon gré l'Air & la Terre & l'Onde?

MENALQVE.

C'eft ce nouueau Soleil, ce Chef d'œuure des Cieux,
Si vanté des Mortels & fi chery des Dieux,
85 Cette jeune Beauté, cette Nymphe divine,
Ce Miracle eftonnant, l'adorable CHRISTINE,
Superbe rejeton du Monarque du Nort,
Qui fut des Affligez l'afyle & le fupport,
De ce grand Conquerant l'invincible GVSTAVE,
90 Qui fit & la Victoire & la Fortune efclaue,
Et dont le bras fatal, par cent combats divers,
Domtant la Germanie eftonna l'Vnivers.
Le Rhin vit combats, & iufques dans fa fource
D'épouuarte furpris en arrefta fa courfe.
95 Le Danube en trembla caché dans fes rofeaux,
Et faifi de frayeur precipita fes eaux.
Tu fais combien de fois le bruit de fa vaillance
De nos fombres Vallons a trouble le filence,
Et que du bruit tonnant de fes rares exploits
100 Cent fois ont retenty les Echos de nos Bois.

Comme de ſes Eſtats , de ſa vertu guerriere
Tu ſauras qu'aujourd'huy CHRISTINE eſt Heritiere.
Iamais du Thermodon le rivage écumeux
Ne vit tant de hauts faits , ni tant d'exploits fameux,
105 Qu'aux rivages bruyans des Ondes Germaniques,
Qu'aux rivages Danois , qu'aux rivages Balthiques
Par les vaillantes mains de ſes braues Guerriers
Cette ieune Amazone a cueilly de Lauriers.
Vn jour , qui n'eſt pas loin , ſes ſuperbes Armées
110 Ioindront à ces Lauriers les Palmes Idumées,
Et l'on verra pâlir l'infidele Croiſſant
A l'aſpeĉt lumineux de cét Aſtre naiſſant.
     Mais ſache encor , Daphnis , que ſa main adorable
En adreſſe , en valeur à nulle autre ſemblable
115 Au milieu de la Guerre & dans les Champs de Mars
Cultiue les Vertus & fait fleurir les Arts.
Son eſprit grand & vaſte embraſſe toute choſe,
Et l'Hiſtoire & la Fable , & les Vers & la Proſe.
Elle fait des Metaux les nobles changemens,
120 Des Globes azurez les divers mouvemens.
Des plus brillantes fleurs de Grece & d'Italie
Tout le Nort eſtonné voit ſon ame embellie.
Elle a de l'Orient pillé tous les treſors.
Du Paſteur de Solyme elle entend les accors,
125 Et ſon rare ſauoir , non moins que ſon courage,
La fait nommer par tout la Pallas de noſtre âge
     Pour voir cette Pallas le ſauant Apollon
Quite l'Onde divine & le ſacré Vallon.
Les Filles de Memoire abandonnant la Grece
130 Et le double Sommet & les flots de Permeſſe

Vont habiter les Monts & les Riues du Nort;
Et iouyr en ces lieux d'vn fauorable sort.
De mille endroits diuers mille doctes Orphées
Y suiuent à l'envy ces neuf sauantes Fées.
135 Mille Cygnes fameux en mille endroits épars.
Vers ces lieux fortunez volent de toutes parts,
Ceux qui le long des eaux & de Loire & de Seine
Soûpirent doucement leur amoureuse peine.
Ceux qu'aux riues du Tibre on voit en cent façons
140 Comme des Rossignols varier leurs chansons.
Ceux qui superbement font admirer au Tage
Sur l'or de ses sablons l'argent de leur plumage.
Ceux de qui le Danube entend les doux accors,
Et ceux que la Tamise eleve sur ses bors.
145 Et de tous les accens de tant de voix estranges
Se forme pour CHIRSTINE vn concert de loüanges.
Pour moy, de qui le chant n'a rien de gracieux,
Ie n'eusse osé, Daphnis, les suiure dans ces lieux,
Sans les ordres sacrez de l'auguste CHRISTINE,
150 Et les puissans attraits de sa bonté diuine.
CHRISTINE veut ouyr mes fresles Chalumeaux,
Et veut qu'en ses Vallons ie garde ses Troupeaux.
Qu'il me tarde, Daphnis, qu'heureux ie ne comtemple
Cette Reine du Nort des Monarques l'exemple.
155 Animé par sa voix, echauffé par ses yeux
On me verra porter son nom jusques aux Cieux.
Tant d'aymables appas, tant de rares merueilles
Seront le doux objet de mes penibles veilles.
A ses hautes vertus, à ses fameux exploicts
160 Le consacre, Daphnis, & ma plume & ma voix.

DAPHNIS.

Il le faut avouër, on a veu sur nos testes
Depuis quatre Moissons gronder mille tempestes.
Mais ces temps sont passez, & ces fertiles lieux
Bien-tost, comme autrefois, seront cheris des Dieux.
165 *Déja l'Astre du Iour dissipe le nuage,*
Et nous allons revoir le calme apres l'orage.
POMPONE la merveille & l'honneur de nos iours,
Du peuple & du Senat les constantes amours,
Tenant droite en sa main la Balance d'Astrée
170 *Nous promet la saison de Saturne & de Rhée.*
Le grand, l'illustre ABEL, cet Esprit sans pareil
Plus clair, plus penetrant que les traits du Soleil :
Ce Ministre puissant, dont le vaste domaine
Occupe tous ces bords & de Sarte & de Maine,
175 *Qui du Prince auiourd'huy dispense le Tresor,*
Nous, promet en ces lieux les iours du siecle d'or.

MENALQVE.

Il est vray que POMPONE & qu'ABEL ont des charmes
Capables d'arrester les torrens de nos larmes.
Ce Ministre sacré de la iuste Thémis
POMPONE a les Mortels & les Dieux pour amis.
180 *La douce Maieste regne sur son visage.*
Il force la raison par son divin langage.
Le Vice est à ses pieds par sa voix abatu,
Et plus que sa Grandeur éclate sa Vertu.
185 *Son nom vole en tous lieux, & les Peuples Estranges*

Comme ceux de la Seine entonnent ses loüanges.
Il ayme nos Chansons, il estime nos Vers,
Il chérit les Vertus dans vn siecle pervers.
D'ABEL cent Nations celebrent la prudence,
190 Il lit dans l'auenir par son experience.
Son adresse admirable & ses Discours vainqueurs
Charment tous les Esprits & gagnent tous les Cœurs.
Nous avons veu, Daphnis, son ame non commune
Supporter sagement l'vne & l'autre fortune.
195 Il fut ferme & constant en son adversité;
Il est doux & modeste en sa prosperite.
Nous l'auons veu cent fois aux campagnes de Loir
Eclatant de lumiere & couronné de gloire.
Au bord de nos Ruisseaux, le long de nos Buissons
200 Escouter attentif nos plaintives chansons,
Et souvent preferer aux Lyres heroïques
L'agreable concert de nos Muses rustiques.
Mais pour eux vainement nos chants ont des appas,
Puisque la Cour, Daphnis, ne les escoute pas,
205 Qu'on prefere en ces lieux à nos douces Musettes
Les Clairons enrouez & les aigres Trompettes
Que de nos Flageolets les tons delicieux
Cedent aux sons aigus des Fifres odieux.
A l'exemple des Rois, à l'exemple des Princes
210 En ce temps dereglé se reglent les Provinces.
A la Ville, au Village, en nos Bois, en nos Champs
On se mocque, Daphnis, de nos plus doux accens,
Et personne aujourd'huy ne console nos Muses:
Languissantes d'ennuy, de tristesses confuses.

215 *Daphnis*, ARMAND *n'est plus* ARMAND *qui des*
  neuf Sœurs,
  Ayma si constamment les celestes douceurs,
  Qui combla de bienfaits ces filles de Memoire,
  Qui les combla d'honneurs, qui les combla de gloire.
  Daphnis, ARMAND *est mort, & l'Art des beaux*
  Esprits
220 *Ne reçoit de la Cour qu'opprobre & que mespris.*
  IVLES *qui par ses soins de nostre grand Monarque*
  *En la place d'*ARMAND *conduit la grande Barque,*
  Qui la sceut guarentir de tant d'affreus rochers
  Inconnus au sauoir des plus sages Nochers,
225 *Et qui par ses conseils; par son ferme courage,*
  Lors que auecque les vents & les flots & l'orage
  Contre luy combatoient ses propres Matelots,
  A surmonte les vents & l'orage & les flots.
  IVLES *fuit nos Concerts, & ne voulant de gloire*
230 *Que celle qu'il reçoit des mains de la victoire,*
  N'estime des Bergers les plus doctes Chansons
  Que de vaines douceurs & d'inutiles sons.
  Le bruits de ses Tambours, le son de ses Trompettes
  Etouffent les accens de nos foibles Musettes.
235 *A peine seulement dans le champ des Gueriers*
  Rampe nostre Lierre au pied de ses Lauriers,
  Il faut aller, Daphnis, où le Sort nous appelle.
  Adieu, de nos Bergers Berger le plus fidelle.

DAPHNIS.

Donc cet Astre brillant, ce Chef-d'œuure d'Amour,
240 *Cette aymable Doris plus belle que le jour,*

Qui pourroit arrester l'Esprit le plus volage,
Qui pourroit captiuer le plus libre courage.
Pour qui les immortels abandonnent les Cieux
Ne pourra retenir Menalque en ces beaux lieux,
245 Cette belle amitié d'eternelle durée
A la jeûne Doris si saintement iurée,
Doris pour qui ton cœur poussa tant de soûpirs,
Qui fut l'vnique objet de tes brûlans desirs,
Qui tira de tes yeux mille torrens de larmes,
250 Qui le iour, qui la nuit te causa tant d'alarmes,
Dont l'esprit merveilleux, dont les attrais divers
Ont esté mille fois le sujet de tes vers,
Cette belle amitié n'aura pas la puissance
De retenir Menalque aux lieux de sa naissance?
255 Cette belle Doris, ce Miracle charmant
Que Menalque en tous lieux suivit si constamment,
Qu'il suivoit sur les bords & de Marne & de Seine,
Qu'il suivoit sur les bords & d'Araise & de Maine,
Et qu'il auroit suivie au profond des Enfers,
260 Ne pourra retenir Menalque dans ses fers?
Apres ce changement, certes on le peut dire,
Il n'est rien d'assuré dans l'amoureux Empire:
Les sermens ne sont rien qu'vn discours decevant,
Les larmes que de l'eau, les soupirs que du vent.

MENALQVE.

265 Des belles, il est vray, Doris est la plus belle.
Son port majestueux n'est pas d'vne Mortelle.

La clarté de son teint & l'éclat de ses yeux
Surpassent la splendeur du bel Astre des Cieux.
Les Zehyrs pour l'ouïr retiennent leurs haleines,
270 Et les Nymphes des Eaux le cours de leurs Fontaines.
Les Graces, les Attraits, les Charmes, les Appas
A toute heure, en tous lieux accompagnent ses pas.
En ses yeux, en sa voix, en sa taille, en son geste
Eclate la Grandeur, reluit vn air celeste,
275 Et comme elle est en terre vne Divinité,
En foule les Mortels adorent sa beauté.
Des Belles, il est vray, Doris est la plus belle,
280 Mais des Belles, Daphnis, elle est la plus cruelle.
Ni des brûlans Estez les extremes ardeurs,
Ni des aspres Hyuers les extremes froideurs
N'ont rien qui soit égal aux ardeurs de ma flame,
Ni rien de comparable aux froideurs de son ame.
285 En vain donc pour Doris en ces aimables lieux
Me voudroient arrester tes soins officieux.
Des plus rudes climats les graces effroyables
Bien plus que ses froideurs me seroient supportables.
Non moins que nos malheurs, non moins que nos discors
290 Son orgueil, ses mespris m'éloignent de ses bors.
Doris, enfin, me chasse, & CHRISTINE m'appelle.
Adieu, de nos Bergers Berger le plus fidelle.

DAPHNIS.

De l'aimable Doris les charmes précieux
Auecque ses dédains te suiuront en tous lieux.
295 Ainsi le Cerf blessé courant par les Campagnes,
Trauersant les Forests, les Fleuues, les Montagnes,

Porte auec foy le dard qui luy perce le flanc,
Et qui luy doit rauir la vie avec le fang.
Ton ame fouffrira pour ta belle Inhumaine
300 *Aux rivages du Nort comme aux rives de Maine,*
Et tes yeux n'auront pas le plaifir nompareil
De contempler fes yeux plus beaux que le Soleil.

MENALQVE.

Ie l'auouë, il eft vray, fa beauté fans feconde
Me va fuiure en tous lieux fur la Terre & fur l'Onde.
305 *Ses dédains me fuiuront aux rivages du Nort:*
Mais au moins en ces lieux j'auray ce reconfort
De ne point offenfer par ma trifte prefence
Ces yeux à qui les Rois doiuent obeïßance.
I'aime, j'aime Doris, & l'aimeray toûjours.
310 *La fin de mon amour foit celle de mes jours.*
Parce qu'elle eft & fiere, & fuperbe, & cruelle,
Ie ne veux point, Daphnis, deuenir infidelle.
Mais de tous les coftez dans ces prochains Hameaux,
Ie voy que nos Bergers raménent leurs Troupeaux.
315 *Le bel Aftre du jour qui finit fa carriere*
Va dans l'Onde voifine éteindre fa lumiere.
Trop aimable Daphnis, en cét aimable lieu
Reçoy de ton Menalque vn eternel Adieu.

F I N.

EXTRAICT DV PRIVILEGE DV ROY.

PAR grace & Priuilege du Roy, donné à Paris le 20 Decembre 1655 signé
Guitauneau, il est permis à GVILLAVME DE LVYNE, Marchand Libraire en
moftie bonne ville de Paris, d'imprimer, vendre & debiter vn Liure intitulé,
Aduis à Monfieur Menage, pendant le temps de neuf ans, à commencer du iour
que ledit Liure fera acheué d'imprimer, Et defenfes font faites à tous autres
de l'imprimer, ni vendre d'autre impreffion que celle dudit expolant, à peine de
trois mil liures d'amende, confifcation des exemplaires, auec tous defpens,
dommages & interefts, comme il eft plus amplement porte par lefdites Lettres de Priuilege.

Acheué d'imprimer pour la premiere fois le 20. Ianuier 1656.

Les exemplaires ont efté fournis.

Regiftré fur le Liure de la Communauté le 28. Decembre 1655. fuiuant
l'Arreft du Parlement du 9. Auril 1653